그렇게 난 너의
모든 계절이고 싶다

맷돌 지음

차례

1. 푸릇푸릇 돋아나는 봄

2. 화사하게 만개하는 여름

3. 빨갛게 타오르는 가을

4. 시리도록 하이얀 겨울

1.

푸릇푸릇
돋아나는 봄

난 너의 모든 계절이고 싶다

쉼 없이 땀이 흐르는
더운 여름에는
시원하게 사랑할게.

홀로 있는 듯 마음이 허한
쌀쌀한 가을에는
따뜻하게 사랑할게.

심장이 꽁꽁 얼어버릴 듯
추운 겨울에는
뜨겁게 사랑할게.

새싹과 살포시 인사하는
따뜻한 봄에는
그저 봄처럼 사랑할게.

새싹

새싹이
초록초록
소리를 내며
기지개를 켠다.

아침 이슬
한 방울 머금고
예쁘게 방긋 웃는 너.

땅에 무릎 대고
입술 내밀어
방긋하고 향긋한
너로 향한다.

봄

모든 것이
생글거리고
코 끝이
싱그럽고
사랑이
푸릇푸릇
돋아날 것 같은.

사랑하고픈
사랑받고픈
그런 계절,
그런 봄.

여정

내가 지나온
삶의 걸음걸음은
네게 닿기
위함이었고.

내가 담아온
마음의 이야기들은
너로 인해
완성되기
위함이었다.

좋은 사람

아무것도 하지 않고
그저 보고만 있어도
좋은 사람.

보지 못해도
그저 생각만 하면
미소가 지어지는
좋은 사람.

그대가 그렇다.

꽃망울

내내 웅크려
앙다문 꽃망울을 지켜낸
네가 사랑스러운 것은.

내가 오기 전 피워낸 꽃에
누군가 먼저 손대어 꺾일까
두려워한 너였기 때문이리라.

그렇게 내내 너를 숨기며
나를 기다린 네가
더없이 사랑스럽다.

너로 인해

너로 인해
오늘 하루가
달라졌다.

참 달아졌다.

동의어

기다림이
행복과
동의어였을 줄이야.

이끌림

이런
끌림이라니.

이끌림이라니.

꽃

그렇게
그대가 꽃이니.

이렇게
내가 꽂히지.

꽃다발

너무나 예쁜데
향기가 나지 않는
이런 꽃이 있다.

너무나 향기로운데
볼품이 없는
저런 꽃이 있다.

그 둘을 묶어
하나의 다발로 만든다.

눈부시도록 아름답고
아득할 만큼 향기로운
그런 꽃다발이 되자,
우리.

이제야

왜 이렇게 돌고 돌아
그대를 만나게 됐는지
아쉬워하는 내게.

이제야 만났기에
쉬이 스쳐 지나가지 않는
인연이 된 것이라며
다시 한번
손 꼭 잡아주는 그대.

늦게 잡은 그대의 손
더 오래, 더 굳게 잡아
늦게까지 놓치지 않는
마음이 되리다.

첫사랑

두고 보자는
사람은 많았는데
너처럼
두고두고 보자는
사람은 또 처음이야.

달

달을 닮은
너.

달을 담은
너.

나는 그렇게
달달한 네가
참 좋다.

하늘색

너를 만나기 전까지
하늘색은 옅은 파랑
한 가지 색인 줄 알고 있었다.

하늘에 어떤 물감을
풀어놓았는지에 따라
하늘색이 달라지는지
너에게서 배운다.

너와 나의 마음 색처럼
그날그날 바뀌는 하늘색에
다채로운 사랑으로 물들어 본다.

여행

여행의 목적이
어딘가 목적지가 아닌
너이기를.

여행의 이유가
떠나게 된 원인이 아닌
너이기를.

여행의 방향이
동서남북 어딘가가 아닌
너이기를.

일상과 여행

여행 같은 일상을
꿈꾸는 너와
일상 같은 여행을
꿈꾸는 나.

네게
우리 집으로의
여행을 권해본다.

고개

가뜩이나
거북목인 요즈음.

한 번씩 찾아오는
화창한 하늘의 눈부심은
기꺼이 감수해 보자.

고개를 들어
푸르름을 마중 나가보자.

그대 푸르름으로
내게 쏟아져 내려라.

마음

그대
마음을 열어주면.

내가
그리로 들어갈 텐데.

봄 내음

한참을 버텨낸
겨울 너머
봄이 찾아왔다.

따스한 햇살로,
향긋한 꽃 내음으로
봄이 나를 간질인다.

큭큭하고
터져 나오는 웃음,
그 웃음 너머에
봄이 봄처럼
미소 짓고 있다.

향기

언제나 내게선
좋은 향이 난다는
그대.

마음이 그대를 향하니
그대 좋아하는 향기가
나나보다.

햇살 내음

끝도 없이
추적추적 내리는 비에
내게서도, 내 옷에서도
습한 내음만 가득했다.

그런 내게
햇살 내음 가득 소독된
빨랫줄 위 티셔츠 같은
너의 미소와 향기가 왔다.

문답

나의 사랑에
넌 미소로 답했고.

너의 미소에
난 행복을 되묻는다.

노을

노을이
하늘에 물들 듯.

너 그렇게
내게 살포시 물들어라.

목소리

매일 아침
네가 듣는 첫 목소리가
나였으면 좋겠다.

듣기 싫은 알람 대신
눈 감은 채 희미한 미소에
아침부터 사랑을 속삭이는
고백이 되고 싶다.

매일 밤
네가 듣는 마지막 목소리가
나였으면 좋겠다.

감기는 눈을 막지 못할 만큼
힘들고 지친 하루
고생했다 너의 마음 다독이는
속삭임이 되고 싶다.

예쁜 그대

예뻐해 줘서 고맙다는
그대.

예뻐하기 전부터
이미 예쁜 그대가
고마워.

요즈음

그대와
만나지 않았으면
어떻게 살아갈 수
있었을까 싶고.

그대가
내 옆에 없었을 땐
어떻게 살았는지
기억조차 나지 않는다.

길

이 길의 끝에
행복이 있을까
열심히 달려왔는데.

길은 끝이 없고
길가 작은 꽃들이
행복이더라.

눈꽃, 그대

그대는 언제나
꽃으로 다가오네요.

노란 꽃 빨간 꽃
계절마다 색색이
그 모습을 달리하는 그대.

너무 추워
총천연색의 꽃잎을
활짝 피우지 못할지라도.

그대는 하늘에서 내려와
하이얀 눈꽃으로
내 마음에 내려앉아 주네요.

봄 (Spring)

스프링처럼 통통 튀며
봄이 내게 다가온다.

통통 튀는 매력으로
그대 내게 다가온다.

다만 내게 와서
너무 튕기지는 마시게.

팡 터지는 매력으로
내 안에서 사랑을 터트리시게.

팡하고 눈물 터지도록
몸으로, 마음으로
그렇게 사랑해 줄 테니.

짝사랑

텅 빈
내 마음 그릇에
아무도 모르게
널 담고 싶었다.

보석 같은 너를
빈 마음에 담으니
이내 맑은 울림이
크게 튀어 오른다.

아무도 모르게
혼자 하려던
짝사랑이
그렇게 온 세상에
울려 퍼진다.

뭘 먹을까

예뻐지려면
무엇을 먹어야 하냐는
네게.

난 예쁜 마음을
살포시 내어놓는다.

넌
마음만 먹으면 돼.

예쁜 마음 먹고
예쁜 미소 내어놓으면
이미 너무 예쁜 너야.

그대를 향한 길

공기가 차고
숨이 차올라도
그대에게
가는 길이라면.

가슴이 벅차고
그대가 차올라서
하나도
힘들지 않아.

다름

서로가 다른 우리가 만나
어떤 이야기를 쓰게 될까.

그저 다름으로
두 갈래 길 각자 걸어가며
서로 이야기를 쓰게 될까.

아름다운 다름으로
손잡고 같은 길 걸으며
우리 이야기를 쓰게 될까.

상처

꺼내 보이고 싶지 않았던
상처를 열어 보여 준 그대.

조심스러운 손길로
새살이 솔솔 돋아나도록
연고를 발라줄래요.

부드러운 반창고로
조용히 덮어둘게요.

내게만 살짝 보여준
상처가 짓물거든 얘기해요.

소독과 치료받으러
내 어깨로 기대어와요.

너

살아갈 자격도
없던 내게
사랑할 자격을
쥐여준 너.

삶의 의미도
모르던 내게
사랑의 의미가
되어준 너.

해피엔딩

우리 사랑은
해피엔딩이었으면
좋겠다는
나의 큰 미소에.

우리 사랑엔
엔딩없이
행복만 했으면 좋겠다고
대답하는
너의 더 큰 미소.

매력 포인트

누군가
너의 매력 포인트를
물어보더라.

포인트면 점인데
점 같은 걸로
널 표현하긴 힘들지.

점보단 선이,
선보단 면이
네게 어울리더라.

너의 모든 면이
내 마음을 잡아끌지.

별별

내가 별의별 일을
다 겪어봤어도.

내가 별별 사람들은
다 만나봤어도.

너같이
별 중의 별처럼
반짝이는 아이는
처음이야.

꿈으로

꼭
내 꿈을
꾸지 않아도 돼.

그저
꿈만 꿔.

그 꿈에
내가 갈 테니.

변수

매일
반복되는
일상 속에
너라는
변수가 있어
다행이다.

어떤
행복으로
튈지 모르는
네가 있어
참 다행이다.

행복 약속

오늘 하루 나 때문에
너무 행복하다는 네게.

하루하루 쌓아
평생을 내 덕분에
행복하게 해주겠다며
미소 가득
새끼손가락을 내민다.

2.

화사하게
만개하는 여름

단 하루

단 하루만
있었으면 했던
너와의 작은 이야기가.

살포시 내게로 다가와
참 단 하루하루가 된다.

씨앗

그대는
수많은 씨앗을
그렇게 가슴에
품고 있었나 봅니다.

이렇게도 매일
다채로운 향기로
꽃들을 피워내다니요.

시소

내 마음과 네 마음이
시소 맞은편에 앉아
서로를 물끄러미 바라보면
아마 네가 하늘까지 닿아있겠다.

차다

달이 차고
밤이 차고
술이 차고.

내 마음에
이내 네가
가득 찬다.

어디 한 번

네가 백날
미운 짓 해봐라.

내가 미워하나,
더 사랑하지.

하나

오늘도
내게 반한다는
그대.

그대는
반만 해요.

그 나머지 반은
내가 할 테니.

너를 향한 화살표

사랑해

사랑해

사랑해

사랑해

사랑해사랑해사랑해사랑해

사랑해사랑해사랑해사랑

해사랑해사랑해사랑해

사랑해사랑해사랑해

사랑해사랑해사랑

해사랑해사랑해

사랑해사랑해

사랑해사랑

해사랑해

사랑해

사랑

해

사랑해

사랑해.
라는 나의 말에
글 쓰는 사람답게
진부하지 않고 참신한,
그런 마음을 달란다.

머리를 굴리고 굴려
생각이 돌고 돌아
진부의 끝에 다다른다.

많이 사랑해.

이유 없는 사랑

이유 없는 사랑이
어디에 있겠느냐는
나의 질문에.

여기,
라고 해맑게 대답하는 너.

그렇게 너는
내 사랑의 이유를
지워주는 참 예쁜 아이다.

사랑

사랑은
지금 너와 내가
손잡고 있음이
전부는 아닐 테다.

아마
너와 내가 손잡고
같은 방향 바라보며
함께 발 맞추는
그 걸음걸음을 모두어
사랑이라 부르는 것일 테다.

너=나

어디에 있다가 이제야 만났냐며,
내 분신이 여기에 있었다며
밤새 깔깔대던 우리였다.

너를 통해 나를 보고
나를 통해 너를 보던 우리,
어느 날 문득 하나의 다름을 보며
무엇이 같았던 건지
기억조차 흐릿해진다.

우리 조금 달라도 어떠랴.

사랑하는 마음 함께 하고
같이 할 이야기 함께 나누면
다름이 아닌
아름다운 우리 아니겠는가.

급한 사랑

가끔
널 써내려 가다 보면
타오르는 사랑에
마음이 급해진다.

마춤법을 틀리기도 하고
ㅇㅗ타가 나기도 한다.

써 내린 글자들이
조금 이상한들 어떠한가.

불같이 뜨거운 마음만
온전히 전해진다면
종이 위에 내려앉은
이 글도 예쁘지 아니한가.

한숨

한숨 쉬는 내게
한숨 쉬었다 가자며
어깨를 내어주는 그대.

한숨짓는 내게
여유 한 줌 쥐여주며
어깨를 토닥이는 그대.

그대가 있어
참 다행이다.

숨 내음

같은 공기인데도
네가 들이마셔 내게 내뿜는
숨은 그리도 달콤하더라.

숨 내음에 폐부 깊숙이 있던
사랑을 같이 내어놓아서일까.

달달한 너의 날숨에
행복으로 오늘 하루를 난다.

마음 내음

너의 살 내음이,
너의 숨 내음이 좋다며
한껏 붙어만 있으려던 내게.

조금 떨어져
마음 내음 한번
맡아보라던 너였다.

한 발 떨어져
내 마음 내어주고
네 마음을 맡아본다.

우리를 향긋하게 감싸주던
너의 예쁜 마음 내음,
더 커진 내 마음을
너에게 온전히 내어놓는다.

어둠

어둠이 무섭다며
투덜대는 네게.

암흑은
쏟아지는 별로 향하는
지름길이라며.

우리 손 마주 잡고
쏟아지는 은하수 향해
한 걸음씩 내디딘다.

우물

너의 작은 우물에서
큰 우울 한 바가지
퍼내어 본다.

내 작은 힘으로
네 우울 조금 덜어
더 깨끗한 우물로
바꿀 수만 있다면.

우울 한 바가지
크게 퍼내고
미소 잉크 한 방울을
떨어뜨려 본다.

자기애

서로를 마주 보면
거울 같다던 우리.

내가 자기를
좋아하는 건
자기애 때문인가.

물들다

우리 둘은
그냥 흐르는 대로
그렇게 섞여가며
서로에게 물들 듯
촉촉히 사랑했으면
좋겠어.

고백

여태 찰랑이던
그대의 사랑스러움이
왈칵 넘쳐흐른다.

사랑한다고
고백하지 않고
버텨낼 재간이 없어
그대에게 마음을
왈칵 내어놓는다.

사랑해.

졌다

내 마음이
흠뻑 적셔진 말이라면
한 문장으로 족하다던 너.

난 마음을 담는데
세 글자면 충분하다며
"사랑해."
라고 문자하며
스스로를 칭찬했다.

뭐 하는데
세 글자나 필요하냐며
"너."
한 글자에 마음 꾹꾹 담아
답장하는 너.

졌다, 이번에도.

신음소리

너의 입을
아무리 막아도
흘러나오는
신음소리처럼.

너를 향한 사랑을
아무리 감추려 해도
어디론가 새어 나온
사랑이 네게 닿아
고백이 된다.

나에겐

나에겐
삶이든,
사람이든,
사랑이든,

그 모든 것이
널 향해 있더라.

하늘은

한없이 높고 푸르르면
높고 푸른 대로.

구름이 살포시 걸려있으면
구름이 걸린 대로.

비가 나를 촉촉히 적시면
비가 내리는 대로.

노을이 곱게 물들면
노을 진 대로.

그저 예쁜 하늘이어서
올려다보게 된다.

너도 그렇다.
그저 너여서 바라본다.

그 어디라도

너를
내 품 안으로만
가둬두지 않을게.

세상 어디에서든
반짝일 너는
그 어느 곳을
여행해도 괜찮아.

내가 그곳으로
한달음에 달려가
두 팔 벌려 안아줄게.

네가 있는 곳,
거기가 어디라도
따뜻한 내 품 안이
되게 해줄게.

수채화

우리가 그리는 그림은
수채화 같았으면 좋겠다.

어떤 그림을 그려냈어도
새로운 물감으로 덮어내는
유화가 되기보다는.

함께 그리는 그림에
색에 색을 더해가며
짙어지는 조화로움으로
우리 그렇게 물들어 가자.

매일

내 사랑을 모르겠거든
그냥 외워.

혹시 외우기도 어렵다면
매일 느끼게 해줄게.

매일 사랑한다고 말해주고
매일 눈앞에 나타나 주고
매일 냄새 맡게 해주고
매일 맛보게 해주고
매일 만지게 해줄게.

그렇게 내 사랑을
느껴.

정답

사랑에는
정답이
없다지만.

내 사랑의
정답은
너다.

아끼다

내가 널
더 많이
아껴주는 건
어려울지라도.

얼마나
사랑하는지
말해주는 건
아끼지 않을게.

너를 쓰다

너를 쓰다 보면
마음이 참 쓴데
참 마음으로 쓰게 되더라.

너를 쓰다 보면
애쓰고 힘써야 하는데
사랑도 뒤집어쓰게 되더라.

꼭, 그대

내게
하나밖에 없음이
어쩜 꼭
그대였을까요.

가을 하늘

나라는 하늘에
그대라는 가을이
잔잔히 물들어
가을 하늘이 된다.

전염병

마주 보며 말을 섞고
침 몇 방울 튀는 것만으로
병이 옮겨진다고 하더라.

마주 보며 마음 섞어
사랑 몇 방울 튀면
내 마음도 네게
전염될 수 있을까.

영원

영원한 사랑을
꿈꾸는 네게
영원이란 없음을
가르치려 들면서도.

내 마음의 방향은
영원을 가리킨다.

너라는 사진

꼭 가봐야 한다는
유명장소가 아니더라도.

몇 시간을 들여
진한 화장을 더 하지 않아도.

흐트러진 침대 시트 위
더 흐트러진 너의 머리칼.

있던 그대로의 아침 햇살에
있는 그대로의 너란 아침.

내 눈에 담는 너란 사진은
더할 나위 없이 사랑스럽다.

약속

보고 싶었던 만큼
그대 꼭 안아주겠다던
그 약속.

새끼손가락 꼭꼭 걸었던
그 약속 지키지 못해
미안해.

혹여 너무 세게 안아
약한 그대 부서져 버릴까
살포시.

온 힘 다해 부드럽게
살포시 더 오래도록
그댈 안을게.

보.고.싶.다

통화하며 할 말이 없을 때
으레 말을 이어주던 접속사,
보고 싶다.

오늘은
한 글자 한 글자
그대로 마음을 적신다.

오늘은 네가
정말 보.고.싶.다.

더러워

더럽다는 단어는
평생 네게 쓰지 않을
그런 말인 줄 알았다.

지금
나는 네가
더럽게 보고 싶다.

바보

네게
바보야 라는
소리를
너무 많이
들어서인지.

나도 모르게
너밖에 모르는
바보가 된다.

어떤 때는

어떤 때는
알아달라 하지 말고
그냥 꽈악
안아줬으면 좋겠어.

얼룩덜룩

나 그대에게
두고두고 꺼내보고 싶은
그런 책이 되고 싶다.

그대의 일상을
항상 함께하느라
여기저기 손때가 묻고
어딘가엔 밑줄이 있고
때론 살포시 헤지고.

그대의 얼룩으로 가득한
나라는 책 옆에는,
나의 덜룩으로 가득한
그대라는 책이 있기를.

우리 책을 겹쳐놓으면
얼룩과 덜룩이 사이좋게
이어져 있으면 좋겠다.

파문

아무리
힘든 일이 있어도
그저 내게
쉬이 던지라.

날카로이 모난 바위도
나라는 호수에 던지라.

둥글둥글한 파문으로
포근히 그댈 감싸 안고.

또 언제 그랬냐는 듯
잔잔히 그댈 품을 테니.

밤새 내린 비

눈꺼풀이 내려앉던 늦은 밤,
비가 한 방울씩 내려앉더라.

내려앉는 꿈을 온전히 받고
잠에 푹 젖어 아침을 맞는다.

밤새 내린 비가 온 세상을 적신 듯
꿈에 가득했던 너와 네 미소가
나를 푹 적시는 그런 아침이다.

내일도 맑음

너의 내일은
오늘처럼
여전히 맑았으면
좋겠다.

혹여나
내일 비가 와도
나라는 우산 아래
너의 얼굴만큼은
해맑은 미소였으면
좋겠다.

일상

특별히
무언가를
하지 않아도
매일매일이
특별한
너와의 일상.

그런 밤

술에
취하고.

그대를
취하고픈
그런 밤.

3.

빨갛게
타오르는 가을

장미

건드리지 마라.
다가오지 마라.
날카로이 찌르겠노라.
끝없이 경고하던 너였다.

가시를 헤치고 헤쳤다.
너의 안으로 파고들었다.

가시로 꼭꼭 숨은 너는
아주 빨갛게 예뻤다.
아주 부드러이 고왔다.
아주 아득하게 향기로웠다.

너의 꽃잎에
나의 볼을 부비며
나는 네게 빨갛게 물든다.

기어코

기어코
벌어지고야 만다.

너와의
달콤한 이야기가.

너의
촉촉한 입술이.

너의
뜨거운 다리가.

문신

너의 몸
가장 안쪽 깊숙이
나를 오롯이
새겨 넣는다.

너라는
부드러운 배경에
나라는
거친 그림.

우리만 아는
격정적인 문신이
그렇게 너의 몸에
남는다.

색시 (色詩)

오늘 밤
네게 전하는
나의 글이
진한 붉은색이었으면,
새빨간 색시였으면 좋겠다.

오늘 밤
나를 향하는
너의 몸은
마냥 섹시했으면,
아주 새빨갰으면 좋겠다.

틈

완벽하지 않은
네가 좋다.

비집고 들어갈 만한
틈이 있는
네가 사랑스럽다.

입술과 입술,
그 사이 틈은
특히나 사랑이다.

파고들다

어쩌면
내가 너의 안으로
그토록 파고들고
또 파고든 것은.

아무도 가본 적 없는
그 깊숙한 너의 끝에
오롯이 나 홀로
닿고 싶어서 였으리라.

마이너스

조금이라도
떨어지기 싫어
너를 찾는다.

둘 사이의 거리를
차마 못 견뎌내
내가 다가가고
너를 끌어 부른다.

때론 살갗 두께만큼
그 거리도 참기 힘들어
너의 안으로 파고든다.

마이너스의 거리,
뒤섞인 신음과
뒤엉킨 몸으로
우리를 확인해 낸다.

밤 벚꽃

때론 밤에 핀 벚꽃이
더 아름답더라.

오늘 밤 우리
벚꽃놀이를 가자.

혹은 벗고 놀이를
해도 괜찮고.

흐드러진 그대처럼
밤꽃향이 흐드러지게
피어날지도 모르겠구나.

꽃

그대가
마음으로 피운
꽃봉오리에
입김을 불어 넣는다.

뜨거운 열기에
꽃잎이 벌어지고
화사하게 만개한
그대.

벌어진 틈새로
파고들고
또 파고드는
이 밤.

자존감

그대가 세워주는 것이
내 자존감만은 아니지.

자꾸

너 자꾸
내 자꾸
내려.

멋과 맛

오빠 멋있었지
하고 묻는 내게.

아니 맛있었어
대답하는 너.

어찌 사랑하지 않을 수
있겠는가.

맞추다

눈을 맞추고.
코를 맞추고.
입을 맞추고.
마음을 맞추고.
그리고...

위로

힘들고 지친 나를
위로해 준다던 그대.

그렇게
위로 올라온 그대.

지독한 사랑

이른 아침
창문 사이로
들어오는 햇살에
우리 입술이 포개진다.

진한 입 내음에도
아득한 사랑으로
우리 입술을 겹쳐낸다.

참
지독한 사랑이다.

경계선

너의 곡선을
타고 흐르는 잠 내음이
참 좋다.

코를 대고
한참 킁킁거리다 보면
꿈인지 현실인지 모를
그 어딘가 몽롱한 경계선을
그대와 거닐게 된다.

코가 아닌
혀를 가져다 대면
또 다른 꿈과 현실,
우리 그 경계선에서
신음으로 젖어 들려나.

망각

네 안에 있으려다
너무 뜨거워
급하게 나를 빼낸다.

빠져나온 직후
네 안이 그리워
서둘러 너로 들어간다.

인간을
망각의 동물이라 했던가.

끊임없는 망각 속에
파고듦과 이탈의 반복으로
송골송골 사랑이 맺힌다.

단단한 사랑

그대 안으로
단단한 내 사랑을
살포시 밀어 넣었더니.

그대가
몽글몽글한 쾌락을
왈칵 쏟아낸다.

오늘 밤

나를 덮어내어
나를 덥히고.

지그시 눌러내고
포근히 안아주라.

그대 그렇게
나의 안으로
들어오라.

사랑이란

타인의 타액이
마치 내 것인 양,
아니
나의 그것보다
달콤해질 때
그것을
사랑이라
부른다.

하나

둘이
온전히 하나가 된다.

비집고 들어갈 만한
틈 하나 없이 꼭 붙어
서로의 살갗 안으로
파고들고 헤집는다.

끈끈히 흐르는 타액으로
든든히 보호막 삼아
온전히 하나 된 몸과 마음을
갈구하고 탐닉하고
또 사랑한다.

빛나다

어디에 있어도
빛나는 너.

세상을 밝히는
네가 참 좋다.

나를 밝히는
네가 참 좋다.

밝히는
네가 참 좋다.

오빠

오빠!
오빠는 나랑
이거 하려고 만나?

응? 음,
난 너랑
이것도 하려고 만나.

너랑은
뭐든 함께 하고 싶어.

이런 밤

이성적이기보단
감정적이길.

서정적이기보단
선정적이길.

정적이기보단
격정적이길.

그랬던 낮보다
이런 밤이길.

온전한 하나

오늘 밤은
너와 섞이고 싶다.

미친 듯
얽히고설켜
온전한 하나가
되고 싶다.

내가 네 안으로,
네가 내 안으로,
파고들고 받아들여
하나가 되자.

우리
하나가 되자.

이슬

너라는 꽃잎에 맺힌 이슬에
조심스레 손을 가져간다.

꽃잎에 차분하게 모인
이슬 한 방울.

툭 하고 떨어지는 이슬방울에
작은 신음이 맺힌다.

달디단 너의 이슬,
나의 입을 마중 내어
너를 반긴다.

밤에 피는 꽃

모두가 잠든 밤에 피는
그런 꽃이 있다더라.

햇살이 부끄러워
낮엔 차마 그 아름다움을
보여주지 않는 너.

모두가 잠들 때까지
너의 밤을 기다려 낸다.

스르륵 허물을 벗어내고
온전한 투명함을 입은 그대여.

모두가 잠든 밤,
잠을 밀어내고 기다려
나는 너를 안는다.

색

색색,
색이라는 소리는
너의 숨소리를 따온 걸까.

색이라는 소리는
동서양을 막론하고
참 색스러울지도
모를 일이다.

밖과 안

너밖에
모르는 나는.

그토록
너의 안으로만
파고들려 한다.

화상

너의 붉고 뜨거운
입술이 닿는 곳마다
화상으로 몸부림친다.

참을 수 없지만
참아낼 수 있는
고통적인 쾌락,
혹은 쾌락적인 고통.

너는
내 신음 어린 몸부림에
전신화상을 입히려
온몸에 빈틈없이
뜨거운 입술을 가져댄다.

유혹

오빠,
나한테 들어올 때는
마음이든 몸이든
단단한 오빠였으면
좋겠어.

절대 깨지지 않을
단단한 사랑으로
언제까지나
내 안에 있어 줘.

가득

네 마음으로 들어가는
내 사랑이 너무 커서
입구에서부터 막힌다.

억지로 욱여넣듯
나를 밀어 넣은 후에야
비로소 그 마음이
네 안에 가득 찬다.

커서 뭐 할래

넌 그렇게
커서 뭐 할래?

응?
난 너의 쾌락을
책임질 건데?

응?
아...

달콤한 입술

그대의
입술 사이에서 흐르는
단어와 단어들이
이토록 달콤한 것은.

어쩌면
나를 향하는 그 입술이
그토록 달콤해서이기
때문은 아닐까.

밤

밤이
입술로
마음으로
그대에게로
스며들자 한다.

스미다
차고 넘친
이 마음이
그대 몸을 지나
촉촉이 흘러내린다.

그대

내 우울한 기분을
풀어준다며
내 단추를
푸는 그대.

내 닫힌 마음을
열겠다며
내 지퍼를
여는 그대.

내 화난 열기를
내리겠다며
내 속옷을
내리는 그대.

안부

갑자기 출근한
그대의 토요일 아침
안부를 묻는다.

몸은 좀 어때?

이어
돌아온 대답.

어? 내 몸?
예쁜데?

허허,
빨리 퇴근해라.

춥나

춥나.
들어온나.
이불 속으로.
이 불 속으로.
뜨겁게 해줄게.

심호흡

왜 우리는 금요일에만
이렇게 뜨겁게
사랑하냐는 너에게.

매일 숨을 쉬더라도
한 번씩 심호흡하듯
그렇게 사랑하는 거라고
대답하는 나.

그럼, 우리
매일 심호흡했으면
좋겠다는 너.

그러자,
매번 깊고 뜨겁게
그렇게 숨 쉬자.

긴 밤

날이 추워지고
해가 짧아지니
좋다.

너를 따스히 안고
사랑을 속삭일
이 밤이 길어져
좋다.

뒤죽박죽

손을 잡는 것,
입을 맞추는 것,
옷을 벗기는 것,
너를 받아들이는 것.

그 무엇이 먼저인지
순서가 뒤죽박죽인 밤.

너와 내가 얽히고설켜
뒤죽박죽인 그런 밤.

생각과 행동이 순서 없이
그저 서로를 탐하는 밤.

잠

잠이 오지 않는 밤,
신음으로 가득한 밤.

우리의 기화된 환희가
창문에 김으로 서려
몽글몽글 물방울을 맺는다.

극한의 쾌락 후 휴식,
격한 땀방울이 마르고
의식도 조금씩 증발한다.

아,
잠이 온다.

달로 가자

달을 좋아하는
그대.

물끄러미
달을 올려다보는
그대에게
우리 달로 가자고
손을 내민다.

토끼가 떡방아를
치는 달로 가자.

우리도 달에서
마음껏 치대보자.

볼래

오늘 밤은
그대를 볼래.

그대를
맛보고
바라보고
들어보고
만져보고
향기 맡아보고.

그렇게
그대를 볼래.

열매

너라는 꽃에
나라는 물 주어
쾌락의 열매가
가득가득 맺혔으면.

결

그대의
숨결과 살결이
나를 흔들어 놓는다.

그대의
아름다움과 마음은
결이 같더라.

그 결,
참 곱더라.

사랑스러움

몸이든 마음이든
나로 인해 채워질 때
가장 행복하다는 너.

나의 입술을
그 예쁜 미소에
한 번 더 가져다 댄다.

쉬자, 우리

나와의 만남에
너무 지쳤다는 너.

잠시 쉬었다 가자는
나의 대답에
호텔 입구를
물끄러미 바라보는 너.

뭐가 됐든
잠깐 쉬자. 일단.

4.

시리도록
하이얀 겨울

11월

문득 고개를 들어 달력을 보니
1자 두 개가 나란히 서 있다.

너와 나도 나란히 꼭 붙어
떨어지기 싫을 때가 있었는데.

우린 어느새 낙엽처럼 힘없이 떨어져
각자의 1월을 향해 가고 있나 보다.

낙엽의 계절을 지나 눈의 계절이 오면
혼자된 우리는 더 추우려나.

해어지다

시간이 흐르며
아끼던 옷의 소매가 해어진다.

시간의 결대로
차분히 소매가 해어진 옷은
아주 예쁘진 않지만
그 나름의 멋이 있다.

너와 나도
그렇게 헤어지면 좋겠다.

옷이 찢어지듯
깨져 버리는 사랑이 아니라
시간의 흐름과 함께
자연스레 해지듯 헤어지는,
돌아보면 시간의 결에 미소 짓는
그런 헤어짐이면 좋겠다.

말 한마디

아주 작은 말 한마디가
마음으로 짜인 옷에 걸린다.

실오라기 하나에 걸린 작은 말은
마음의 옷에서 실들을 풀어낸다.

아주 작은 말 한마디였는데
우리가 열심히 만들어 낸 옷을
후루룩 통째로 풀어버린다.

아주 작은 말 한마디가
우리 사이를 풀어버린다.

우리

너와 나를
띄어쓰고 싶지 않은데
컴퓨터에 타자를 치면
오탈자라며 너와 나를
자꾸 한 걸음 떼 놓는다.

너와 나는
그저 우리라는
한 단어여야 하나 보다.

거짓말

항상
진실만을 이야기하자
다짐했던 우리였지만.

마지막
그 순간만큼은
진심으로 거짓이길 바랐다.

마지막 선물

마지막으로 헤어지며
혹시나 정말 소중해서
돌려줘야 할 것이 있냐고
물어보는 네게.

나는 내 마음 전부 준
너 하나만 있으면 된다고
마지막으로 대답한다.

그대로

있는 그대로의 내가
가장 사랑스럽다던
네게.

없는 그대로의 나도
괜찮냐고 물어본다.

잃다

난 너를 잃고
할 말을 잃고
할 일을 잃고
갈 길을 잃고
내 넋을 잃고.

그렇게
다 잃었다.

고픔

배고프면
아무거나 먹으면 되지만
보고프다고
아무나 볼 수는 없잖아.

병 주고 약 주고

난 네가 주는 약이
가장 잘 듣더라.

내게 무슨 병을 주었는지
네가 가장 잘 알기
때문일 테다.

계산법

행복했던 만큼
아플 셈인가.

아, 그러면
아직 한참 남았겠구나.

별이

이름이 뭐예요?
별이요.
이름 참 예쁘다.
성은 뭐예요?
이 씨요.
아, 이별.

종이 한 장

너와 나의 이야기를
한 장 한 장 읽어 나가다
어느 날 생각지 못한 곳에서
종이 낱장에 손이 베어
한참을 아파한다.

기껏 나를 벤 것은
종이 한 장이었지만
손가락 깊게 베여
멈추지 않는 피는
우리 이야기책 전체를
빨갛게 물들인다.

가려움

너라는 가려움은
긁는다고
시원해지지 않더라.

긁고 긁어 핏방울이 맺혀
가려움을 피로 덮어내고야
분주했던 손을 겨우 멈춘다.

그렇게
그리움과 가려움은
부러 생채기를 내고 나서야
아픔으로 잠시 덮어둔다.

고슴도치

너를 안을 때마다
내가 아픈 건
장미같이 아름답던
네가 품고 있는
가시 때문인 줄 알았다.

네가 떠나고 난 뒤
우리 그렇게
고슴도치 한 쌍 같았다던
친구들의 말에
깜짝 놀라 돌아본다.

나만 그렇게
아픈 게 아니었구나.

너도 나만큼
많이 아팠겠구나.

가을 가슴

스쳐 지나가는 바람에
흔들리는 문을 듣고
혹시나 네가 찾아왔을까
부리나케 달려 나간다.

가을이 그렇더라.

아침저녁으로 쌀쌀하고
종일 허전한 마음으로
혹시나 문득 네가 올까
기다리게 되는 가슴.

그 가슴이
내 가을이더라.

소주

맑은 술 한 잔에
탁해지는 의식,
탁해지는 의식 속에
너를 향한 생각만이
소름 끼치도록 맑아진다.

후회할 줄 알면서도
잔에 잔을 더하고
너를 향한 생각에
생각을 쌓아가는 밤.

술잔에 담긴 달처럼
마음속에 담긴 너를
쓴소리 한 번에
털어 넣는 밤이다.

술잔

내 안에 너를 담듯
술잔을 채우고.

술잔을 비우듯
내 안의 너를 털어낸다.

아무 사람

아무것도 아닌
사람인 줄 알았는데.

아무도 대신할 수 없는
사람이더라.

사랑이더라.

최선

그대가
날 향한 사랑에
너무 최선을
다하진 않았으면
좋겠다.

모든 것을
다 주었다며
떠나버릴까
걱정하는
이 마음을
그대는 알까.

심폐소생술

심폐소생술은
갑자기 심장이 뛰지 않을 때,
그때 딱 한 번만 하는 거다.

두 번, 세 번 해도
심장이 스스로 뛰지 않을 때,
그때는 이미
심장이 죽었는지도 모른다.

이젠 멈출 때일까,
그대와의 사랑을.

권태기

뭉툭해진 연필을 깎듯
우리 권태기를 사각사각
깎아 내려가니.

어느덧 뾰족해진 사랑이
나도 모르게 튀어나와
너를 쿡 하고 찔러낸다.

새벽 공기

언제 잠들었는지 모를 어젯밤,
이른 새벽 찬 공기에 흠칫 놀라
눈을 뜨자마자 너는 찾는다.

너를 향해 뻗어보는 기지개로
네 이름을 불러보지만
옆구리를 스치는 새벽 공기로
네가 없음을 기억해 낸다.

차라리

매일 사랑하는 게
너무 아프고 힘들어
차라리 한 번의 이별이
나을 거라 생각했었다.

해보니
이별은 한 번만 아픈
주사 같은 게 아니더라.

매일매일
이별로 아파하느니
매일매일
사랑으로 아파하는 게
백번은 낫다.

지다

해가 지고
노을 지고
날이 지고
달이 지고.

그렇게
너와의 시간이
아스라이 져간다.

힘 빼기

모든 운동은
몸에 힘을 빼고
자연스럽게
동작에 녹아들면
한결 쉬워진다.

모든 사랑도
마음에 힘을 빼고
자연스럽게
상대에 녹아들면
한결 쉬워진다.

하지만 우리는
운동도, 사랑도
온몸에 가득 힘주고
어렵게 하는 게
더 쉬운가 보다.

틈

행복이 익숙해져
지루하다고 느낄 때,
편안함이 반복되어
심심하다고 느낄 때.

그렇게
지루할 틈 없애려
심심할 틈 없도록
네가 날 떠났나 보다.

빗방울

내 눈앞을 흐리는
이 빗방울이.

그대의 눈을 밝히는
빛 방울이 되기를.

사랑해 너를

너를 그리다
너를 그리워하고.

시라고 쓰다 보면
시리고 쓰리고.

그렇게
널 사랑한다.

더는

더 바랄 게
없는 사이.

더는 바랄 게
없는 사이.

더는 바랄 수
없는 사이.

꿈

꿈 같은 시간,
1분 1초 하나하나
너와의 모든 기억
아주 작은 숨결까지
생생히 눈앞에 그려낸다.

정말 꿈이었다면
진즉 잊혔을 이야기,
꿈 같은 시간은
왜 이리 생생히
내 안에 남아있을까.

나

주저 없이 사랑하고
후회 없이 이별하는 게
너를 처음 만나면서 했던
뒤끝 없는 내 다짐이었는데.

후회 없이 사랑했다며
주저 없이 떠나는 너를
하염없이 바라보기만 하는
그런 나다.

그 후

사탕 같은
사랑 뒤엔.

또다시
염병 같은
열병.

이해해

이해해. 라는
너의 한마디가
나의 가슴을
쿡 하고 찔러낸다.

우린 그저
이해해. 라는
말이 아닌
헤헤. 하는
웃음으로
모든 게 이해되던
그런 사랑이었다.

사랑 이야기

사랑이 끝난 후 노트를 펼쳐보면
사랑했던 기억 몇 글자 빼곤
헤어지고 아팠던 기억뿐.

사랑하고 행복할 때는
매 순간 부대끼며 바라보기 바빠서
마음을 적어낼 시간이 없었나.

나에게 남겨두고 간 시간에
몇 마디 글로 반창고 붙여
난 그렇게 애써 견뎌낸다.

다짐

오늘까지만 널 생각하고
내일부터는 널 잊어야지.

그렇게
내일은 또 오늘이 되겠지.

비

비는 오고,
너는 오지 않고.

마지막 후회

너와의 마지막이
후회로 남았다고
너와의 시작을
후회하는 것은 아니다.

연기

아무리 손을 뻗어도
손에 잡히지 않는
연기처럼 떠나는 그대여.

그래도 고마워요.

그때 그대
담배를 알려줘서.

내게 손에 쥐어 준
담배 한 개비.

그대 같이 있는 듯
연기 같은 그대 추억하며
그댈 뿜어낼 수 있게 해줘서.

마침표

너.라는 이름 뒤에
마침표를 찍어본다.

너무 힘들면
잠시 쉬었다 가자며
쉼표를 찍어보자 했던 나,

그런 내게 너.는
이제 쉴 때가 아니라
마칠 때라고 했다.

고마웠던 너.
너무 많이 사랑했던 너.

그리고
여전히 여기에 있는
나,

집착

떠나간 네게
집착한다.

집착도
사랑의 한 방식이라며
내 사랑을 우겨본다.

집착은 어쩌면
질척대고 있는
지저분한 내 사랑의
다른 이름일게다.

불안한 허기

너와 마주 보고
밥을 먹고 있는데도
허기가 채워지지 않는다.

혹시
내 앞의 너는
다른 마음을
먹고 있는 게 아닐까.

나 잡아봐라

연인 사이에
나 잡아봐라가
재미있는 것은
잡혀줄 것을
이미 알고 있기
때문일 테다.

후회

사랑한다는 말을
창고에서 꺼내어 주듯 건넸다.

창고에 남은 사랑을 세며
아끼고 아껴 한 번씩 사랑을 말했다.

더 많은 사랑을 달라던 너,
그리고 남은 사랑의 수를 세던 나.

남은 생의 나날을 계산하고
창고에 남아있는 사랑을 헤아렸었다.

이렇게 떠나버릴 줄 알았다면
아끼지나 말 것을.

그득히 쌓여있는 사랑을 보며
눈물로 창고의 빈자리를 채운다.

가을

너는 이제
내게 있지 않고.

나는 너를
가슴으로 앓고
가을로 안는다.

매달림

얼마나 매달려야
한번 돌아봐 주려나.

목이라도 매달아야
나를 향한 눈길을 주려나.

힘든 밤이다.

후회

나에게서 거두어 간 마음만큼
그대를 향하는 내 마음에
마음을 더한다.

가슴에 다 담지 못할 만큼
넘치는 마음을 주던 그대.

그 마음이 당연한 듯
언제나 그대는 거기 있을 줄 알았다.

마음은 지나가고 나서야
그게 진짜 마음이었음을 안다.

사랑은 지나가고 나서야
그게 진짜 사랑이었음을 알게 된다.

반창고

너라는 상처에
마음 연고 바르고
시간 반창고를 붙여둔다.

혹시 다 나았나
잠시 열어본 상처는
여전히 속살 그대로
바알갛게 나를 쳐다본다.

언제까지 덮어둬야
상처가 아물고
딱지가 생기고
또 떨어지려나.

오늘도 수시로
반창고를 열어보며
상처 낫기를 거부하는
그런 나다.

환생

나 다음 생엔
너로 태어나려고.

다음 생의 나는
한껏 사랑 좀 받아보게.

거울

만남과 헤어짐이
거울로 서로를 비춘 듯
정확한 대칭이었으면 좋겠다.

만날 때 인사했던 안녕과
헤어질 때 남긴 안녕이
데칼코마니처럼 겹쳤으면 좋겠다.

첫 안녕 이전에 너를
알지 못했던 것처럼
마지막 안녕 뒤에 너도
그렇게 모르는 사람이면 좋겠다,
차라리.

산사태

휘몰아친 광풍,
찍어 내린 천둥과 번개,
쏟아붓듯 내린 비에
내 마음이 산사태 되어
쏟아져 내린다.

그 얼마나 오랜 시간
흙 쌓고 나무 심고 뿌리 내려
마음의 산을 쌓아 올려 왔던가.

여러 해 울음 머금고
피땀으로 쌓아 올린 마음이
하루 폭우에 산사태가 되어
속절없이 무너져 흘러내린다.

머리카락

너의 기억이 씻겨질까
뜨거운 물 아래 한참 동안
너를 씻어내린다.

수챗구멍에 얽힐 대로 얽힌
너의 긴 머리카락이 눈에 들어와
나도 모를 뜨거운 눈물이 흘러내린다.

손가락으로 하나하나 끄집어내며
덧얽힌 너의 머리카락을 정리한다.

혹여나 내 머릿속 여기저기
어지러이 얽혀있는 네 기억들도
이렇게 풀어내 버릴 수 있으려나.

눈물

너라는 꽃이
내 눈물을 머금어야
그리 활짝 피는 것을
미리 알았다면
곁에 두고
많이 울어둘 것을.

멀리 떨어지고 나서야
흐드러지게 핀 네가
흐린 내 눈에 맺힌다.

눈을 깜박여
반짝이는 눈물방울을
차분히 떨구어 낸다.

그런 밤

한 없이
보고 싶지만.

보고 싶지 않다고
수 없이 되뇌는 밤.

편지

구절구절
마음을 가득 담아
네게 보낸 이야기가.

혹여 너의 눈엔
지나가 버린 인연의
구질구질한 집착이었을까.

날씨

네가 있는
그곳의 날씨는 어떤지.

날씨를 확인하려
폰을 열어본다.

그렇게 내 시선은 한참을
너의 프로필 사진에 머문다.

어쩌면 나는
너의 마음 날씨를
확인하고 싶었나 보다.

언젠가

언젠가
너와 이별하던 그 순간,
그때, 네 눈빛마저
그리운 순간이 오려나.

마음 문

닫힌 마음을 열겠다며
급하게 마음 문 사이로
손을 집어넣는다.

너의 마음 문에
겨우 손가락이 닿을 즈음
쾅 하며 야속하게
그 문이 닫혀버린다.

멍이 들고
손톱이 빠진 나는
손이 아닌 가슴을 부여잡고
엉엉 울음을 낸다.

닫힌 건 네 마음이었지만
다친 건 내 마음이었으리라.

나의 대답

미안해.

그럼에도
불구하고.

사랑해.

우리, 꽃

그때,
우리라는 꽃은
참 조화로워서
향기로웠다.

어느덧,
우리 꽃은
조화처럼 생명을 잃고
향기도 잃는다.

꽃 내음

꽃을 다듬으려
만지작 거리다 보면
이내 꽃내음이 손에 밴다.

네가 떠나고 난 뒤
너를 어루만졌던
내 손에도 꽃내음이 배어있다.

손을 코에 대고
아득한 향기로
은은히 너를 추억한다.

메우기

사랑 없는 섹스로
한낱 구멍은
메울 수 있어도
구멍 난 가슴을
메울 순 없다.

그런 밤

눈을 감아도
잠은 오지 않고
너도 오지 않고.

이제는

내 옆에,
내 앞에만
있을 줄 알았던 너.

다른 누군가의 앞에서
햇살 가득 해맑게
웃고 있는 모습을 보니
마음이 놓이고
마음을 내려놓게 된다.

같은 시간, 같은 공간
예쁜 미소로 채워줬던
그 추억들에 감사할게.

고마워, 사랑했어.

미완의 사랑

사랑의 완성이
이별이라면
난 끝까지
이 사랑을
완성하지 않을 테다.

맷돌

우연한 기회에 글을 쓰기 시작했고
우연찮게 공모전을 통해 등단했다.

모든 계절을 차분히 지나며
사랑하는 마음들을 모아
『그렇게 난 너의 모든 계절이고 싶다』를 썼다.

그대가 어떤 계절에 있든
그곳엔 사랑이 함께 하기를 바라며
오늘, 또 다른 나의 사랑을
인스타그램 @poet_matt에서 나누고 있다.

그렇게 난 너의 모든 계절이고 싶다

2023년 08월 14일 발행

지은이　　맷돌

디자인　　포레스트 웨일
펴낸이　　포레스트 웨일
펴낸곳　　포레스트 웨일
출판등록　제2021 - 000014 호
주소　　　충남 아산시 아산로 103-17
전자우편　forestwhalepublish@naver.com

종이책　　979-11-92473-69-7